AF233616

Ye

4487

SOUVENIR

DE L'AVEUGLE SOLITAIRE DE SÈVRES,

OU

LETTRE DE M. G. A M. B.

SOUVENIR

DE L'AVEUGLE SOLITAIRE DE SÈVRES,

OU

LETTRE DE M. G. A M. B.

A Sèvres, 12 Septembre 1808.

Vous me recommandez, mon ami, de cul-
tiver ma mémoire au défaut de ma vue, et
vous m'engagez en conséquence à composer
un recueil de mes souvenirs; mais est-ce bien
sérieusement que vous insistez pour que je
l'écrive en vers? C'est, dites-vous, un moyen
d'adoucir ce que ma situation a de pénible, en
charmant l'ennui de l'oisiveté. Je conçois qu'une
telle occupation puisse produire cet effet; mais

vous n'avez point fait attention que, depuis ma première jeunesse, j'ai vécu sous les lois d'une déesse sévère, dont le culte n'était guère compatible avec celui des Muses ; aussi n'ai-je courtisé ces dernières que du coin de l'œil, et suis-je pour elles ce que beaucoup de personnes sont à l'égard de la langue anglaise ; ils la lisent un peu, mais ils ne savent ni la parler ni l'écrire. Le motif qui vous a porté à me donner ce conseil, m'impose néanmoins le devoir de tenter un essai ; s'il démontre la nullité de mes talents, il prouvera du moins la sincérité de ma reconnaissance.

Eh quoi ! vous exigez que je fasse des vers !
Il ne me manquait plus que ce dernier travers.
Pour vous plaire, il faut donc *rimer malgré Minerve*,
A cinquante ans passés m'aviser de ma verve !.....

Vous conviendrez, mon ami, que voilà un début digne de figurer à la tête d'un recueil de souvenirs ; mais continuons.

Allons Pégase, allons, hâte-toi d'approcher ;
Hardiment sur ton dos je m'en vais chevaucher.
Garde-toi cependant de punir d'une chute
Ma muse qui grisonne et qui pourtant débute.

Vous concevez facilement, mon ami, qu'étant peu fait au mouvement de cette dangereuse

monture, je n'irai pas chercher bien loin le but
de mon premier voyage, je le marque à peu de
distance de ma solitude; c'est un lieu que vous
avez visité quelquefois avec plaisir, vous en
serez mieux à portée de juger si ma mémoire
est fidèle.

Au bas de ce coteau d'une riche étendue
Sur la cime duquel domine Bellevue,
Entre ce bois épais et ce riant vallon
Que Meudon et Saint-Cloud ceignent d'un double mont,
S'élève un monument d'une belle structure,
Qui sous le simple nom de la MANUFACTURE (1),
Offre un temple, au commerce, aux beaux arts, consacré,
Et par les connaisseurs justement admiré.
C'est dans ce magnifique et vaste domicile,
Des talents et du goût aimable et noble asile,
Qu'un peuple d'artisans, adroits, laborieux,
Et d'artistes choisis un assemblage heureux,
Savent, par les efforts d'une utile industrie,
De l'or des étrangers enrichir ma patrie.
On aborde en ce lieu par la belle chaussée
Depuis plus de trente ans habilement tracée
A travers cent jardins que ces hommes dispos
Cultivent de leurs mains aux heures du repos.
Voyons l'intérieur de ce bel édifice,
Des talents variés parcourons chaque lice;

---

(1) La manufacture de porcelaine de Sèvres, le plus bel établis-
sement de l'Europe en ce genre. M. Alexandre Brogniard, savant
distingué par son goût et ses lumières, en est le directeur.

Afin de mieux juger leur distribution,
Connaissons bien d'abord leur destination.

D'un sol toujours choisi la terre retirée,
Par de nombreuses mains est ici préparée.
Broyé dans ces moulins, par un rude travail,
Le caillou se transforme en un brillant émail.
On tourne un peu plus loin ces coupes agréables,
Dont l'élégance ajoute au luxe de nos tables.
Voici ces vastes fours, où l'action des feux
Change la molle argile en marbre précieux.
Là, sont les successeurs de Zeuxis et d'Appelles ;
Là, ceux de Phidias et ceux de Praxitèles.
A la matière inerte, un modeleur savant
Communique en ce lieu le feu du sentiment.
Voyez-vous sous sa main la Bacchante folâtre
S'échapper en dansant du sein d'un bloc d'albâtre ?
Ici, sous le trait pur d'un habile pinceau,
Chaque jour voit éclore un chef-d'œuvre nouveau ;
En admirant ces fleurs, on croit que la Peinture,
De Flore a dérobé la brillante ceinture ;
L'artiste en ce travail, à son modèle égal,
Semble de la nature être l'heureux rival.

Ne vous fâchez pas, mon ami ; je connais
votre goût, je puis même dire votre passion
pour les fleurs, et je n'entends pas les fronder,
en établissant une comparaison entre ces pro-
ductions de l'art et celles de la nature; je conviens
que le goût doit préférer ces dernières, mais je

crois aussi qu'il est juste d'admirer les autres ;
en effet les fleurs dont je vous parle n'ont pas,

Malgré leur vif éclat et leur forme agréable,
Des filles du printemps la grâce inimitable ;
Elles ne verront pas l'aurore, à son réveil,
Rafraîchir de ses pleurs leur coloris vermeil ;
Le papillon léger, au gré de ses caprices,
Ne pourra pas descendre au fond de leurs calices ;
Les nourrices du dieu qui fait trembler le ciel,
N'iront pas y pomper les doux sucs de leur miel ;
Du zéphir amoureux les ailes caressantes
Ne balanceront pas leurs tiges élégantes ;
Par elles, l'odorat ne sera pas flatté ;
Mais.... l'art sut les douer de l'immortalité.
L'art, puissant enchanteur, dans ces lieux agréables,
Se présente à vos yeux sous cent formes aimables ;
Il y domine en maître, on l'y trouve partout,
Sans cesse accompagné de l'étude et du goût ;
Ce sont ses conseillers, ses ministres fidèles.
De concert avec eux il choisit les modèles,
Il ébauche, il dessine, apprête les couleurs,
Il réforme, embellit, sème partout des fleurs ;
Il écarte surtout, de cette vaste enceinte,
Tout ce qui du vrai beau ne porte pas l'empreinte.
Néanmoins dans ces lieux, aux travaux réservés,
Ces chef-d'œuvres nombreux ne sont pas achevés.
Voulez-vous en saisir les détails et l'ensemble,
Montez dans ces salons où le goût les rassemble ;
C'est dans ce Muséum que votre œil enchanté
Connaîtra leur richesse et leur variété.

Ici , de toutes parts , on contemple , on admire
Le marbre , le granit , le jaspe , le porphyre
Transformés en tableaux , en reliefs savants ,
En nymphes , en bergers , en amours folâtrants ;
En vases modelés sur ces formes si belles ,
Dont les seuls Grecs ont su nous offrir des modèles ;
En bustes des guerriers , des sages , des savants ,
En groupes animés , en bouquets élégants......

Mais en parlant de groupes, j'ai lieu de m'étonner que la manufacture de Sèvres en offre si peu du
genre de ceux qui sont destinés à orner les pendules. Les artistes ne se sont pas toujours rendus
coupables de cet abandon; en effet vous le savez,
mon ami,

Quand l'étude aux mortels faits pour l'apprécier ,
Dit : Connaissez le temps pour le mieux employer ;
Par de savants calculs , sachez , avec justesse ,
De ses pas de géant mesurer la vitesse ;
Soumis à ses conseils , ces hommes studieux
Découvrirent enfin ce secret précieux ;
Alors naquit l'horloge , utile mécanique ,
Où tout ce qui semblait d'abord métaphysique
Devint sensible à l'œil , à l'oreille , au toucher ,
Et nous fit voir comment le temps savait marcher.
Sur cette invention et nouvelle et savante ,
Que Lepautre et Berthoud rendirent si brillante ,
Chacun voulut alors dire son sentiment ,
Et sur elle chacun parlait diversement.

Quoi ! disait l'homme oisif, par cette longue chaîne,
Le temps embarrassé péniblement se traîne !
— De ce ressort léger le mouvement trop vif
Fait envoler le temps, s'écriait l'homme actif !
— Empressé de jouir d'un tendre tête-à-tête,
Le beau Forlis volait auprès de sa conquête ;
Guidé par le désir, trop prompt au rendez-vous,
Il allait éveiller les soupçons d'un jaloux ;
Mais l'horloge a frappé, notre galant frissonne,
Car l'heure du berger n'est pas celle qui sonne.
L'impatient Forlis accuse de lenteur
Le balancier qui bat moins vite que son cœur.
O dieux, s'écriait-il, quel artiste inhabile
A mis sur ce cadran cette aiguille immobile ?
Avançons-la ! — Non, non, le temps passe trop tôt,
Lui dit le vieux Mondor ; arrête-la plutôt.
— Pour calculer le temps, consulter la pendule,
Disait un étourdi, c'est un vrai ridicule.
— Ne comptons pas le temps, mais employons-le bien,
Bégayait en buvant un docte épicurien ;
Et qu'importe qu'il soit trop lent ou trop rapide ?
Il marche toujours bien quand le plaisir le guide.
— Le sage s'écriait, mais sans être entendu :
On ne retrouve pas le temps qu'on a perdu.
Ainsi, chacun glosait, chacun de notre horloge
Faisait, suivant son goût, la critique ou l'éloge ;
Mais les beaux arts aussi vinrent l'environner,
Chacun d'eux à son tour voulut la couronner,
Et par des ornements d'un bon goût, d'un beau style,
Ensemble marier l'agréable à l'utile.

Voilà précisément pourquoi je suis étonné,

mon ami, de voir les artistes de la manufacture négliger cette mine, que j'ai lieu de ne pas croire épuisée d'après un groupe de ce genre qu'on y modèle, et dont je vais tâcher de vous donner une idée.

Sur la meule où le temps vient sans cesse aiguiser
Sa redoutable faulx que rien ne peut briser,
Cupidon à son tour veut affiler ses armes.
Bientôt il a conçu les plus vives alarmes,
Quand il voit s'émousser sur la meule du temps
Ses plus solides dards, ses traits les plus brillants.
Le rusé vieillard rit, l'enfant se désespère,
Les Grâces cependant ont rassuré leur frère.
Retrempant chaque trait, dès qu'il est émoussé,
Le carquois de l'Amour ne peut être épuisé ;
Vainement le vieillard redouble ses menaces ;
Le temps qui détruit tout, est vaincu par les Grâces.

A côté de ces objets et d'une foule d'autres livrés au commerce, on admire les morceaux précieux réservés pour le service de Sa Majesté Impériale, ou destinés par elle a être offerts en présent aux Puissances étrangères ; il serait difficile, et trop long sans doute, de les décrire tous ; je ne vous parlerai que de ceux qui, dans ce moment, semblent appeler plus particulièrement l'attention.

Quelle foule d'objets, étrangers à nos arts,
Ainsi qu'à nos climats, frappe ici les regards !

D'où viennent donc ces fruits , ces plantes, ces reptiles,
Ces arbres, ces poissons, ces affreux crocodiles,
Ces têtes d'Anubis, ces singuliers oiseaux,
Ces idoles, ces sphynx, ces immenses tombeaux ;
Ces temples ruinés, cet étrange hypogrife ?
Quel mystère est caché sous cet hiéroglyphe ?
Grande déesse Isis, vous Horus, Osiris,
Vous êtes en ces lieux auprès du bœuf Apis.
O de l'antique Egypte images révérées,
Qui donc vous transporta dans nos belles contrées ?
Aux rives de la Seine, en croirai-je mes yeux ,
Je vois ces monuments, je contemple ces dieux
Que jadis adorait la fière Babylone ,
Et que Sémiramis redoutait sur son trône.
Dieux qu'aux rives du Nil la victoire enleva,
Que l'amitié reporte aux bords de la Neva ;
Conquêtes du génie autant que du courage,
Allez, et consacrez sur ce lointain rivage
Ce pacte solemnel, cet auguste serment,
Prêté pour assurer la paix du continent.
Vous aussi suspendez, beaux arts, pour votre gloire,
A l'arbre de Pallas , ces fruits de la victoire ;
O temple de la paix, toi fameux Niémen,
Sois encore une fois témoin de cet hymen.

A côté de ces gages de l'amitié d'un grand
homme et d'un grand souverain, on trouve avec
plaisir ceux de notre reconnaissance envers les
braves.

Cette haute colonne et ces savants camées,
Sont un hommage offert à nos braves armées ;

Ce bouclier brillant présente nos guerriers
Aux plaines d'Austerlitz, moissonnant des lauriers :
Et près du cercle étroit où cette foule abonde,
De nos preux chevaliers on voit la table ronde.
Tracés par Isabey (1), ces médaillons nombreux,
Sont les portraits vivants des guerriers généreux
Qui sur les monts glacés de l'ardente Ausonie,
Dans les plaines de Prusse et de la Germanie,
Montraient à nos soldats les chemins de l'honneur.
Dieux ! avec quel plaisir et quelle vive ardeur,
Les enfants des beaux arts, aux fils de la victoire,
Ont élevé d'accord ces monuments de gloire !
Mais ces objets brillants, à vos yeux exposés,
Par de plus précieux sont encore éclipsés.
Voyez tous les regards se porter vers l'image
De celle à qui nos cœurs rendent un pur hommage ;
De celle dont l'esprit, la grâce, la bonté,
Parent d'un charme heureux l'auguste majesté,
Et dont le cœur devint la digne récompense
Que le ciel réservait au sauveur de la France.
Avec émotion, sur ce marbre vivant,
Reconnaissez les traits de ce mortel si grand,
Dont le nom retentit du couchant à l'aurore,
Que l'univers admire, et que la France adore,
De mon heureux pays divin restaurateur,
De mon héros enfin, et de mon bienfaiteur.
O vous qui les voyez chaque jour de la vie,
Je ne vous porte pas une pénible envie,

---

(1) J'ai laissé ce nom sans épithète ; il porte son plus bel éloge avec lui.

Pour jouir comme vous de ce rare bonheur,
Tous les jours je descends dans le fond de mon cœur.....
Halte-là, dit Pégase, halte-là, téméraire !
Ton zèle te séduit, que la raison t'éclaire.
Oses-tu bien, sans moi, d'un vol audacieux,
T'élever hardiment jusqu'au palais des dieux ?
Oses-tu célébrer, sans chaleur et sans verve,
Le favori de Mars, et celui de Minerve,
Qui dans le fond du Nord maîtrisant les hasards,
En France relevait le temple des beaux arts ?
Le héros dont la course en miracles féconde,
A tant de fois lassé la courrière du monde,
Et qui, de son vivant, par la gloire porté,
S'est placé dans le sein de l'immortalité.
Tu l'osais cependant, et cette audace rare
T'a mérité le sort de l'imprudent Icare ;
Des ateliers du Pinde ignorant apprentif,
Apollon te pardonne en faveur du motif.
C'est ainsi que mêlant et douceur et menace,
Il prononce à la fois mon arrêt et ma grace,
Et par un rude écart m'ayant désarçonné,
A mes réflexions me livre abandonné.

J'espère maintenant, mon ami, que vous ne
me presserez plus de m'exposer sur ce maudit
casse-cou ; vous m'allégueriez vainement qu'il
conduit au temple de la Gloire ceux qui ont le
courage de le dompter ; je ne suis plus d'âge ni
de force à tenter une pareille entreprise ; et d'ail-
leurs le temple de la Gloire est si plein aujour-

d'hui , qu'on doit avoir peine à s'y retourner. Croyez donc, mon ami, que je ne choisis pas en aveugle en lui préférant celui de l'Amitié, et en m'y tenant à la place que vous avez donnée à votre, etc.

C. F. PATRIS, Imprimeur de la Cour de Justice criminelle, et de l'Académie de Législation, rue de la Colombe, n°. 4.